Mar Garita

Bahía
Bucanero

Lago
Cola Larga

Bocamellada

Monte
Cacao

Cabo
Calamar

Isla Calavera

*A esa pequeña y maravillosa tripulación
que alegra mis días.
A Papi y Mami, gracias por enseñarme a navegar
siempre con el corazón en la mano.
Y a ti te dejo para el final,
porque sin ti no hubiese habido un principio...*

Alicia Acosta

Con amor para ti. ¡Por una vida llena de aventuras!

Mónica Carretero

**El pequeño pirata Serafín
Colección Somos8**

© Texto: Alicia Acosta, 2016
© Ilustraciones: Mónica Carretero, 2016
© Edición: NubeOcho, 2017
www.nubeocho.com – info@nubeocho.com

Corrección: Daniela Morra

Primera edición: 2017
ISBN: 978-84-945415-1-3
Depósito Legal: M-23527-2016
Impreso en China

Esta obra ha recibido una ayuda a la edición
del Ministerio de Educación, Cultura y Deporte.

GOBIERNO
DE ESPAÑA

MINISTERIO
DE EDUCACIÓN, CULTURA
Y DEPORTE

EL PEQUEÑO PIRATA SERAFÍN

Alicia Acosta
Mónica Carretero

nubeOCHO

Había una vez un pirata
tan chiquitín, tan **chiquitín**,
que todo el mundo lo llamaba
el pequeño pirata **Serafín**.

Serafín era tan pequeño, tan pequeño, que si soplaba fuerte el viento se lo llevaba **volando** en un momento.

Le había ocurrido desde que era un niño, por eso el pequeño pirata Serafín siempre llevaba una **espada** muy pesada al **cinturón**, un **catalejo de hierro** colgado al cuello, y un par de **piedras** en los bolsillos.

El tamaño del pirata también era un problema en su trabajo, porque Serafín era **tan pequeño** y **tan chiquito** que sus piratas no lo escuchaban por más que diese **gritos**.

De manera que cuando decía: —**¡Leven el ancla!**—, los marineros entendían: —**¡pónganse las chanclas!**—, y salían corriendo con el **traje de baño** y la **toalla** para irse a la playa.

Si acaso el pequeño pirata Serafín decía: —¡Icen las velas!—, sus piratas entendían: —¡**Soplen las velas!**—, y sacaban las velas, y empezaban a cantar el **cumpleaños feliz** y a soplarlas como si hubiera un pastel de cumpleaños.

Si el pequeño pirata Serafín gritaba: —¡A los cañones!—, ellos entendían: —¡A los jamones!—, y corrían a la cocina para comer jamón del rico.

El pequeño pirata Serafín estaba **cansado**, tenía que estar siempre
atento a que no lo pisaran e hicieran **tortilla de pirata** de repente.
Estaba más que **harto** de ser tan **pequeño**,
siempre atento, siempre gritando:

¡Cuidado que estoy aquí! ¡Cuidado que estoy acá!

Al final se inventó **una frase**
que repetía siempre que le hacía falta:

¡Cuidado, cuidadín,
que aquí está
el pequeño pirata Serafín!

Un **buen día**, bueno, mejor dicho un **día terrible**,
estaba el pequeño pirata Serafín en medio de una batalla
cuerpo a cuerpo con otros piratas, gritando
de vez en cuando para que nadie lo pisara eso de:

¡Cuidado, cuidadín,
que aquí está
el pequeño pirata Serafín!

Cuando el **pirata Malapata**, pirata **malo, malo** donde los haya, lo oyó, miró hacia abajo con su único **ojo**, se rió para sus adentros, lo agarró con dos dedos y se lo metió en el bolsillo.

El pirata Malapata, pirata malo, malo donde los haya, sí que era **alto**, así que aunque Serafín consiguiera salir del bolsillo, luego sería muy **peligroso** llegar hasta al suelo.

El pirata Malapata se lo llevó a su barco,
lo encerró en la **bodega** donde no había
manera de que Serafín escapase, porque
los escalones eran tan, tan **altos,**
que no podía subirlos.

El pequeño pirata empezó a **llorar** pensando
que no regresaría nunca con su tripulación.
Entonces, un **ratoncito** que vivía en aquel
oscuro lugar, se le acercó y le preguntó:

—¿Tú qué tipo de ratón eres...?
y... ¿por qué lloras?

Serafín le contó toda su historia,
y le dijo que extrañaba a sus **piratas**.

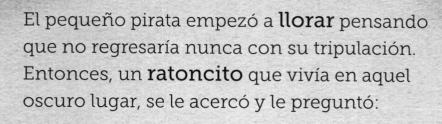

—¡No te preocupes! —dijo el ratoncito— no llores más,
que yo te sacaré de aquí. ¡Súbete a mi espalda!

El ratoncito era tan **chiquitín** que se coló por los agujeros
de las tablas del barco hasta llevarlo a la cubierta.

Pero cuando nuestro amigo se asomó
y miró desde la **proa**, vio que
estaban rodeados de agua.

—¿Y ahora qué? —dijo Serafín— ¿Cómo
volveré a mi barco? Soy tan pequeño que
no puedo **remar**, ni **nadar**,
¡los peces me comerán!

El ratoncito dio un **silbido** que subió bien alto,
hasta las nubes, y casi al momento apareció su
amiga, **la gaviota Carlota**.

—¡Súbete!, ¡rápido! —dijo Carlota,
sabiendo bien lo que hacía.

Al principio, muy agarrado a sus plumas, el pequeño pirata Serafín tuvo **miedo**, luego **cosquillas**, y por fin disfrutó del vuelo, cada vez más **sonriente**.

La tripulación estaba loca, buscándolo por todas partes,
la **batalla** había acabado y nadie encontraba a su **capitán**.

Todos temían que se lo hubiese **comido** el pirata **Malapata**,
pirata malo, malo donde los haya.

Cuando los **marineros** lo vieron llegar volando, montado sobre una gaviota, lloraron de **alegría**, lo **besaron**, lo **abrazaron**, le hicieron una **fiesta**, **pequeña**, pero fiesta, y el pequeño pirata Serafín les contó todo lo ocurrido.

Sus piratas no lo podían creer, su capitán se había salvado gracias a que era tan **pequeño**, tan pequeño como para cabalgar sobre un **ratón** o volar sobre una **gaviota**.

A partir de aquel día, Serafín sabe que se pueden
hacer **grandes cosas** siendo **enorme** o **pequeñín**.

Nunca ha vuelto a quejarse de su tamaño,
y se siente realmente **orgulloso** y **feliz**
de ser el pequeño pirata Serafín.

ISLA PENIQUE

Mar Garita

Costa Gaviota

Bosque del Viejo Pirata

N
NW
NE
W
E
SW
SE
S